LE
LIVRE
DE
QUATRE COULEURS.

LE LIVRE DE QUATRE COULEURS.

Ridendo, dicere

verum quid vetat?

AUX QUATRE-ÉLÉMENTS,

De l'Imprimerie des QUATRE-SAISONS.

4444.

PRÉFACE.

LA bigarrure est tellement à la mode, que ce Livre a droit de se présenter au milieu de la belle société. Il ne remplacera pas le Dictionnaire Encyclopédique, si varié par les matieres qu'il traitoit; mais il courra plus vîte. Les esprits d'aujourd'hui, changeant comme les barometres, ne s'effaroucheront point à la vue d'un Ouvrage qui les représente, & les cœurs mobiles comme levif-argent, goûteront la morale qu'il contient. L'amant, qui prend toutes sortes de figures, y verra l'image de ses métamorphoses; & l'ami, qui se pare des couleurs de la vérité, y trouvera l'emblême de sa duplicité. Vivent les objets qui varient. Les goûts, aussi multipliés que les visages, ont moyen de se satisfaire.

Tout nous inspire l'amour de la variété. Le soleil, par ses éclipses; la lune, par ses phases; le firmament, par ses nuages; le temps, par ſes ſaiſons; la mer, par ſon flux; la terre, par ſes fleurs; les oiſeaux, par leur plumage; les Philoſophes, par leurs ſyſtêmes; les Miniſtres, par leurs projets; les Ecrivains, par leurs contradictions; les amants, par leurs légéretés; les coquettes, par leurs galanteries; tous les hommes, par leur caractere; toutes les femmes, par leur humeur.

Le Petit-Maître feroit-il donc ici oublié? Non certainement. Nous ne l'avons omis, que parce qu'il mérite bièn un article à part. Prédicateur perpétuel de la variété, il l'affiche sur ses habits, dans ses regards, dans ses gestes, dans ses postures, dans sa démarche, dans sa croyance, & dans son langage tout en expressions nouvelles, & tout en superlatifs exquis : il ne donne pas le temps de pouvoir le peindre. Je le vois s'enfonçer dans un fauteuil pour bouder, & déja il cabriole ; je l'entends crier contre les femmes, au moment qu'il les encense : il s'extasie à la vue d'une nouvelle étoffe, & à peine est-elle coupée, qu'il la rejette ; il fait appeller chaque jour de nouveaux Perruquiers, & de nouveaux Tailleurs, & chaque jour il arbore une frisure & un habit d'un goût tout extraordinaire ; il tempête pour avoir ses gens, & lorsqu'ils paroissent, il leur demande ce qu'il doit leur dire ; il va passer la journée dans une maison, & déja il en est sorti pour courir chez tout le monde; il ne peut plus souffrir l'ambre, & il s'en fait apporter des magasins; il fait atteler, & il se met au lit; il veut écrire, & il ne cesse de se promener; en un mot, il rit d'un œil, & pleure de l'autre; il épanouit le front, & il fronce le sourcil; il travestit son visage de toutes manieres, & il laisse à douter s'il est Pantin, Caméléon, Singe, ou Protée lui-même.

Mais c'est dans l'art des modes que brille la variété. Combien, depuis dix ans, de nouvelles manieres de ſe coëffer, de s'adoniſer, de ſe moucheter, de ſe brillanter, de ſe parfumer, de ſe parer, de ſe rengorger, de ſe préſenter, de ſaluer, de parler, de dépecer, de manger, de danſer, de marcher, de ſe moucher? Tantôt les épaules ſe hauſſent, & tantôt elles s'abaiſſent; tantôt le cou s'allonge, & tantôt il ſe penche; tantôt le petit doigt s'étend, & tantôt il ſe *crochit*; tantôt l'œil clignote, & tantôt il anatomiſe; tantôt les pieds voltigent, & tantôt ils se fixent. Il n'y a pas de minute où le corps d'un Petit-Maître ne paie un tribut à la mode, pas de seconde où le minois d'une Petite-Maîtresse, tout en grimaces & en minauderies, ne se monte, & ne se démonte comme un ouvrage à ressorts.

Quelle ample matiere que le Chapitre des Femmes, pour parler de la variété! Galantes, médisantes, exigeantes, inconstantes, causeuses, voluptueuses, capricieuses, curieuses, rieuſes, pleureuſes, artificieuſes, fougueuſes, joueuſes, futiles, indociles, vaines, hautaines, badines, mutines, elles offrent tour à tour, & ſouvent tout à la fois, le tableau le plus mouvant qu'on puiſſe voir. Si nous parlons maintenant des bordures du tableau, comme grimaces, geſtes, minauderies, coups d'œil, coups d'éventail, ſignes de tête, ſignes de main, il n'y aura point de verre à facettes qui préſente plus d'objets. Eh ! que ne dirions-nous point de ce flux & reflux de pensées, ou plutôt de paroles, qui annoncent, dans un instant, l'espérance & le désespoir, l'assurance & la frayeur, la haine & l'amour, l'enjouement & la fureur, le libertinage & la dévotion, la franchise & la dissimulation! Ces changements de scene ne sont pas indifférents; ils entretiennent tous nos Spectacles, qui tomberoient sans la variété des femmes. Je viens maintenant à d'autres objets, qui ne ſont pas moins variables. Il s'agit de nos vénérables Philoſophes, qui, tantôt amoureux de la matiere ſubtile, & tantôt de l'attraction, tantôt marchant avec le ſoleil, & tantôt avec la terre, tantôt partiſans des idées innées, & tantôt dévoués aux idées factices, imaginent, à chaque minute, des ſyſtêmes. Il s'agit de nos Médecins, qui, tantôt idolâtres de l'antimoine, & tantôt adorateurs du mercure, tantôt enthouſiaſmés pour la ſaignée, & tantôt pour la purgation, font mourir de mille manieres différentes. Il s'agit de nos brillants Ecrivains, qui, de page en page, varient leur ſtyle, ainſi que leurs opinions. Combien de matieres, traitées dans un goût toujours nouveau, nous apporte chaque matin une Brochure, dont le titre & le rempliſſage annoncent de l'extraordinaire, auquel on ne ſe feroit jamais attendu!

Il ne reſtera plus rien à dire à nos neveux. Nous

avons tant imaginé, tant varié, que je défie toutes les Nations enſemble de pouvoir nommer quelque queſtion qui n'ait pas été miſe ſur le tapis, quelque probléme qu'on n'ait pas réſolu, quelque extravagance qu'on n'ait pas ſoutenue, quelque épigramme à faire, quelque poëme à imaginer, quelque énigme à deviner, quelque hiſtoire à ſuppoſer, quelque fable à raconter, quelque nouveau bon mot à dire : tout a été dit avec grace, enthousiasme & feu; tout a été répété avec gentillesse, enjouement & fard. Nos parterres n'ont point d'aussi belles fleurs, que nos Livres de phrases; quelle nuance! quelle élégance! quelle abondance!

Combien d'Auteurs qui naissent à chaque instant du jour! combien qui, sans mission, & sans austérité, s'érigent en Censeurs, condamnent ce qu'ils n'ont pas lu, ce qu'ils n'entendroient pas, & osent dire, avec gravité, qu'un Livre doit déplaire au Public, parce qu'il leur a déplu! Le Livre de quatre Couleurs va leur paroître une production plate & tout-à-fait informe; mais qu'ils sachent que plus ils le critiqueront, & plus j'en serai enchanté. De pareils Ouvrages ne sont beaux, qu'autant qu'ils sont ridicules; & pourvu que celui-ci contribue à la variété, il a rempli son objet.

Ah! sans la variété, que deviendroit l'Univers! Bientôt, tout monotone, il tomberoit en léthargie; la femme ne grimaceroit plus, ne feindroit plus, ne gronderoit plus; le Petit-Maître n'auroit que dix Maîtresses; le Poëte resteroit toujours Poëte, & il ne seroit pas aujourd'hui Historien, demain Géometre, & après-demain Théologien; les Censeurs Littéraires ne parleroient que de Belles-Lettres, & ils ne décideroient pas de tous les Ouvrages qui ne sont point de leur ressort; les Faiseurs de Dictionnaires n'aun'auroient pas la gloire de traveſtir la Religion, & de lui donner mille différentes formes; *l'eſprit* ne prendroit pas mille nuances qu'on ne lui connoiſſoit point, & ne jouiroit pas du mérite d'être ſolemnellement condamné; les Financiers, ſans jamais dégorger, continueroient à dévorer les Peuples; les Anglois ne perdroient pas l'habitude de ſe pendre; les Allemands ne deviendroient pas d'élégants Petits-Maîtres; les Italiens ne réformeroient point leurs ridicules *Opéra*, & conserveroient le goût de leurs mauvais Sonnets; les Espagnols n'apprendroient jamais à rire, ni les François à pleurer; l'épouse enfin n'auroit qu'un seul mari; le Marchand qu'un poids & qu'une mesure; le Ministre qu'une parole; le Courtisan qu'un visage; le Dévot qu'un Directeur.

Qu'elle est donc utile, cette précieuse variété! Sans ses agréments, nous serions encore rustiques, ſurchargés peut-être de probité, & de bonnes mœurs, mais dénués de gentilleſſes & de graces. Ce n'eſt qu'en inventant qu'on ſe perfectionne; & on n'invente qu'en variant. La Nature elle-même nous apprend à aimer le changement, par celui qu'elle opere en nous d'une maniere frappante. Ne nous conduit-elle pas, d'âge en âge, par des états tout différents, qui nous donnent une nouvelle forme, de nouveaux goûts, de nouveaux plaiſirs? Le jeune homme ne ſe réjouit pas comme l'enfant, ni le vieillard comme le jeune homme; le Printemps a des charmes que n'a pas l'Eté : ainſi tout varie dans l'Univers, & toute variété nous réjouit. Point d'Amant qui ne change de Maîtreſſe; point de Philoſophe qui n'aime les nouvelles opinions; point de Petit-Maître qui ne veuille mettre la Religion à la mode; point de Dame qui ne contracte de nouveaux engagements; point de Joueur qui ne mue; point de Marchand qui n'accommode sa conscience aux temps & aux circonstances.

Sans doute, voici l'apologie de notre Livre bigarré toute faite, & très-suffisante pour empêcher les clameurs que son titre & son aspect auroient naturellement excitées chez nos prudes & nos pédants; ces deux sortes d'êtres, qui se plaisent à tourmenter le genre humain, autant que la mauvaise humeur les tourmente eux-mêmes.

D'ailleurs, s'il y a quatre éléments, quatre zones, quatre parties du Monde, un Livre, qui doit être une image de la nature, doit avoir quatre couleurs : c'eſt ainſi qu'on raiſonnoit il y a cinq cents ans, & c'eſt ainſi que *Scot* le ſubtil a compoſé toute ſa Logique. On dira maintenant le Livre de quatre Couleurs, comme on dit le vinaigre des Quatre-Voleurs : il ne s'agit que de convenir des termes. Si l'on veut s'effaroucher à la vue de tout ce qu'il y a de neuf, il faut renoncer aux plaisirs de la vie, & courir vîte se faire enterrer: encore y a-t-il des Pays où l'on varie les décorations funebres, & où l'on inhume les personnes délicates en couleur de rose, & au son d'une musique toute élégante & toute voluptueuse.

Si mon nom se terminoit en *aire*, & si je débitois, avec suffisance, qu'un certain Docteur *Pangloss* disoit que *les cochons étoient faits pour être mangés, puisqu'on mange du porc en Westphalie*,

& *que les jambes étoient faites pour être chaussées, puisqu'on porte des bas*, chacun enchanté, applaudiroit à de si belles idées; mais on se moquera des miennes, parce qu'elles ne sont point dans *Candide*. Comme j'apprends qu'on se dispose à donner des Livres en différentes couleurs, je suis bien-aise d'avertir le Public qu'il n'y a que celui-ci, & le Verd, & le Rouge, les premiers qui aient paru, qui m'appartiennent, & que je proteste contre tout autre.

LE

LE IVRE DE ATRE COULEURS.

CHAPITRE PREMIER.

Des différentes Manieres de se servir de l'Eventail.

SUPPOSONS une femme délicieusement aimable, magnifiquement parée, pêtrie de graces & de gentillesses, qui n'aime pas les bains, parce qu'ils sont humides ; les glaces, parce qu'elles ſont froides; le vinaigre, parce qu'il eſt acide; le feu, parce qu'il eſt chaud; une femme enfin qui ait toutes ces prérogatives, & qui conſéquemment ſoit du meilleur ton; je dis que cette perſonne, malgré tant d'avantages, ſera perſifflée, ſi elle ne ſait pas manier l'Eventail. Elle prendroit du tabac auſſi agréablement que le Duc de ***; elle ſe moucheroit auſſi artiſtement que le Comte de ****; elle riroit auſſi finement que la Marquiſe de *****; elle allongeroit un petit doigt auſſi à propos que la Préſidente ****, que tous ces rares talents ne la ſauveroient pas du ridicule qu'on ſe donne, en uſant bourgeoiſement de l'Eventail.

Il y a plus de cent manieres de s'en ſervir, quoique la Baronne *du Chapt*, dans le premier Tome de ſes Œuvres philoſophiques, n'en compte que quatre-vingt onze. On peut dire que c'eſt par ces manieres qu'on diſtingue la Princeſſe de la Comteſſe, & la Marquiſe de la Roturiere. Mais avant d'entrer dans ces éclairciſſements, il eſt juſte que nous faſſions la généalogie de l'Eventail. Il naquit à la Chine l'an vingt-ſept mille trois cent huit; car les Chinois ſont bien plus anciens que le Monde. Ce fut la toute belle *Kanſi*, fille d'un très-vénérable Mandarin, qui, contractant l'habitude de tenir ſon maſque en main, & de l'agiter parfois, pour rafraîchir ſon viſage, lui donna la forme d'un Eventail. Cette forme, à la vérité, ressembloit plutôt à un écran, & elle se conserve encore telle à la Chine; mais un certain Abbé *Flatori*, Gentilhomme Florentin, perfectionna l'Eventail en 1634, tel que nous l'avons aujourd'hui. Il lui donna ce jeu, qui le rend mobile, & qui en fait tout l'agrément. Les Abbés & les Moines d'Italie n'ont pas manqué, depuis ce temps, de s'en servir aussi-bien que les Dames, prétendant que *Flatori* n'avoit imaginé ce précieux colifichet qu'à l'usage des Ecclésiastiques.

Paris, qui enchérit sur tout, & qui s'est fait un honneur d'embellir les Arts qui lui vinrent de Florence de la main des *Médicis*, reçut l'Eventail avec reconnoiſſance, & dans l'intention de lui donner toutes les graces dont il étoit ſuſceptible. En conſéquence, on le dora, on l'argenta, on l'incruſta, & tantôt le bois de ſainte Lucie, & tantôt l'ivoire furent employés à ſa parure. On n'en reſta pas là: tous les papiers étant épuiſés, on ſe ſervit de taffetas, mais toujours de papier de la Chine, & de taffetas de Florence, pour rappeller, ſans ceſſe, aux yeux du Public que ces deux Pays ſe diſputoient la gloire d'avoir produit l'Eventail. On ſait combien la Peinture & la Miniature ont concouru à l'enjoliver. Tous les perſonnages qu'on peut imaginer, tous les payſages qu'on peut retracer, furent déployés avec discrétion & goût sur les Eventails, qui en 1745 montoient, dans Paris, au nombre de 2000000000000, &c. Ils sont charmants, utiles, intéressants; ils font la fonction des Zéphyrs; ils conservent la pudeur, en laissant voir tout ce qu'on peut désirer; ils masquent les personnes qui ne veulent pas se faire connoître; ils écartent les rayons du Soleil, qui, sans égards, brulent le minois d'une Princesse, comme celui d'une Paysanne; ils conservent les yeux devant le feu; ils cachent les vilaines dents, les souris malins, les grimaces d'humeur; ils empêchent d'entendre les petits secrets de la fine médisance; ils expriment les caprices, & quelquefois même ils parlent; ils ont, en un mot, mille bonnes qualités, & l'on peut dire que c'eſt une des meilleures inventions de l'eſprit humain.

Auſſi quelles graces ne donne pas l'Eventail entre les mains d'une Dame qui ſait s'en ſervir à propos! Il ſerpente, il voltige, il ſe reſſerre, il ſe déploie, il s'éleve, il s'abaiſſe, ſelon les occaſions & les circonſtances. *Tertullien* a fait un Traité du *Manteau*; pourquoi n'en feroit-on pas un de l'Eventail? Il eſt ſi joli, ſi commode, ſi propre à donner de la contenance à une jeune Demoiſelle, & à la tirer d'embarras, lorſqu'elle ſe préſente dans un cercle, & qu'elle rougit, qu'on ne ſauroit trop l'exalter. Je vais gager que dans tout l'attirail de la femme la plus galante & la mieux parée, il n'y a point de colifichet, ou d'ornement, dont elle tire parti comme de ſon Eventail. On le voit errer ſur les joues, ſur la gorge, ſur les mains, avec une élégance qui produit par-tout des admirateurs. Auſſi une perſonne bourgeoiſement miſe, qui n'a d'eſprit que *comme ça*, qui n'eſt belle que *comme ça*, devient ſupportable, ſi elle connoît les différents coups d'Eventail, & ſi elle ſait les adapter à propos. Mais il eſt temps d'entrer en matiere.

Il faut d'abord connoître que la ſituation la plus naturelle aux Dames, c'eſt la mauvaiſe humeur, & que, par conſéquent, il leur eſt très-important de ſavoir quel doit être alors l'uſage de l'Eventail. Ecoutez, jeunes Demoiſelles, & profitez. Je ne dirai rien de moi-même; je ne ferai que rapporter, à ce ſujet, les avis d'une vieille douairiere à ſa petite fille; douairiere, qui, pendant plus de ſoixante & dix ans, n'a connu d'affaires que celles de grimacer, de minauder & de geſticuler. Sitôt qu'on commence donc à bouder, & qu'on ſent un tiraillement de nerfs qui ride le viſage, & qui le décompoſe tant ſoit peu, on doit, ſans perdre un moment, ſe rengorger d'un air plus que ſérieux, déployer ſon Eventail tant qu'il peut s'étendre, & l'agiter devant le front à toute force, de maniere à faire entendre quelque *cli cli*. Ce mouvement rapide ſert la colere, en coupant les paroles, & donnant le loiſir de ſe mordre les levres tout à l'aiſe.

S'il ſurvient un autre cas, & que dans une converſation célebre on raconte quelque nouvelle ou quelque hiſtoire, alors l'Eventail doit aller & venir comme une aile de pigeon, & ſe replier en tombant ſur lui-même au bout de chaque période : ſi, au contraire, on parle de quelque plaiſir qu'on a reſſenti, de quelque rendez-vous qu'on eſpere, de quelque partie amuſante qu'on doit faire, l'Eventail, entiérement plié, & vraiment en forme de bâton, doit frapper ſur une main ouverte, & faire un bruit qu'on puiſſe entendre à dix pas.

La décoration change, lorſqu'il

eſt queſtion de quelque affaire importante, & voici comme elle s'annonce. L'Eventail s'ouvre très-négligemment ; & après l'avoir tourné & retourné entre les mains tout déployé, on le fixe, comme s'il étoit un livre, & on paroît réellement y lire ce qu'on dit. Bien des Dames, par ce ſeul ſtratagême, ont paru femmes d'un grand ſens ; & de beaucoup de réflexion.

Parlons maintenant de ces inſtants badins, où quelque conteur de fleurettes s'avance, & lâche quelques mots un peu équivoques ; c'eſt alors que l'Eventail, entiérement reſſerré, doit partir comme un éclair, & aller frapper avec une certaine force les doigts, ou, tout au moins, le bras du faux-plaiſant.

Mais ce coup doit être ſi agilement & ſi mignonnement donné, qu'on puiſſe l'accompagner d'un ſourire ſignificatif, & d'un *finiſſez* qui porte juſqu'au cœur.

Toutes les paſſions ſe peignent chez les femmes bien maniérées, par les différents tours & contours de l'Eventail. La jalouſie appuie les levres ſur l'extrémité de l'Eventail, qu'on tient comme un cierge, & ne dit mot. L'ennui l'emploie pour ſe gratter le deſſous des oreilles, & accompagne ce geſte de trois à quatre bons bâillements; car il n'y a que les femmes à large & longue bouche qui ne bâillent qu'à demi, aux riſques même de s'étouffer. La curioſité, en ſauvant les dehors de la pudeur, ne regarde jamais les objets indécents qu'à travers les bâtons, qu'on déploie tant qu'on peut, à moins qu'une Dame ne ſoit aſſez fortunée pour avoir, dans certaines rencontres, un Eventail à filagramme, ou de gaze. On crie alors : Ah! quelle poſture! quelle horreur! & l'on voit tout, ſans être apperçue. L'amour ſe ſert de l'Eventail comme les enfants ſe ſervent d'un hochet, & lui fait prendre toutes ſortes de figures, juſqu'à ſe briſer, & tomber mille fois par terre. Combien d'Eventails que l'amour a déchirés! ce ſont les trophées de ſa gloire, & les images des caprices du beau Sexe.

Ce n'eſt pas une choſe indifférente qu'un Eventail qui tombe. Une pareille chûte eſt ordinairement réfléchie, comme servant à faire connoître l'ardeur & la célérité des soupirants. On court, on se prosterne, & celui qui le premier releve l'Eventail, & le rend en sachant baiser la main à la dérobée, & sans qu'on s'en apperçoive, remporte la victoire. On lui sait gré de sa promptitude, & c'est alors que les yeux, en signe de remerciment, parlent plus haut que la bouche même.

Mais quel rôle brillant l'Eventail ne fait-il pas, lorsqu'il se trouve au bout d'un bras qui gesticule & qui salue du fond d'une voiture, ou du fond d'un jardin! Il devient l'interprete de l'amour, ou de l'amitié, & il dit à qui sait l'entendre, que celle qui le tient entre les mains, eſt ravie de vous voir. Ce n'eſt pas tout. Lorſqu'on veut ſe procurer la viſite d'un Cavalier qu'on ſoupçonne amoureux, on oublie ſon Eventail, & très-ſouvent cette ruſe réuſſit; car, ou l'Eventail eſt apporté par le Monſieur lui-même, ou renvoyé avec des Vers élégants qui l'accompagnent, & qui donnent preſque toujours lieu à une réponſe.

Je n'irai pas plus loin dans tous ces détails; mais on peut voir comme ils ſont infinis, & combien l'Eventail eſt éloquent, énergique, expreſſif & utile entre les amants. C'eſt un centre de réunion, dont on ſe ſert lorſqu'on ne ſait plus que dire, ou lorſqu'on eſt ſur le point de ſe brouiller : alors l'Eventail tombe à propos, coupe la conversation, ou la fait naître, & tout-à-coup la ſcene change.

Si *Ovide* en eût connu l'uſage & les reſſources, combien ne l'auroit-il pas célébré dans ſon *Art d'aimer !* Les femmes, qui ne les ignorent pas, ne le quitteront jamais, & les modes auront beau changer; celle-ci ſera toujours nouvelle.

Que ne dirions-nous point ici des avantages qu'une belle main tire d'un Eventail? Armée d'un pareil ſceptre, qu'on peut appeller celui de *Vénus*, elle a l'occaſion toute naturelle de s'allonger, de ſe fermer, de ſe baiſſer, de ſe lever. Oui, nous ſerions intariſſables, ſi la Navette ne venoit préſentement nous faire oublier l'Eventail.

Les

Les Nœuds, comme tout le monde sait, furent imaginés par une aimable Provençale, qui détermina la figure de la Navette, comme le célebre *Maupertuis* a déterminé celle de la Terre. Ce fut en 1721 que se fit cette précieuse découverte, dont toute l'Europe a su profiter avec beaucoup de succès; car il n'y a point de Nœud qui ne soit destiné pour quelque meuble, quelque robe, ou quelque ornement d'Eglise, & qu'on ne jette ensuite par la fenêtre. *Martin* immortalisa les Navettes, quoique bien des femmes n'en veulent plus que de nacre, d'or, ou d'acier.

Convenons, de bonne foi, que véritablement l'art de faire des Nœuds avec une machine aussi élégante & aussi-bien proportionnée, vaut, au moins, celui de composer des Livres. On a vu des femmes, dont les yeux rêvoient, & dont le visage ne pouvoit souffrir les détails, réparer ce double malheur par un Nœud fait avec grace. Il s'agit sur-tout de tirer parti du petit doigt; car c'est lui, qui, dans une fête bien ordonnée, joue le premier personnage. Or, combien ne brille-t-il pas, en suivant les détours d'une soie qui va & revient, & qui s'entrelace de la maniere du monde la plus nonchalante & la plus aisée! C'est un grand mérite, que celui de proportionner les mouvements à l'ouvrage qu'on fait, & de savoir conséquemment le dégré d'agilité qui convient à la fabrique des Nœuds. Mais ils n'ont jamais plus de grace, que lorsqu'on les travaille les Dimanches & les Fêtes; car alors on fait voir qu'on n'est pas Roturier, & qu'on a droit de mépriser le précepte, qui défend de travailler ces jours-là. Des doigts bourgeois n'oseroient sûrement tricoter; mais des doigts de qualité peuvent faire des ouvrages agréables. Il convient, d'ailleurs, qu'une femme du monde, & du bon ton, ne mette point de différence entre le Dimanche & le Samedi; ces distinctions ne sont bonnes que pour le peuple.

Je voudrois, en vérité, voir ressusciter une de nos vieilles grand-meres, qui, la quenouille à la main, viendroit au milieu de nos jolis cercles. Juste ciel ! quelle horreur ! quelles exclamations ! une quenouille ! on ne devroit même plus dire, tomber en quenouille, mais tomber en navette. Ah ! vive cette précieuse & divine Navette ! c'est le petit magasin des graces, le porte-feuille de l'amour, & surtout lorsqu'elle a reposé dans un magnifique sac, au milieu de quelques jolis vers, & de quelques billets doux, qui ne manquent jamais de se trouver au fond. Une femme en feroit plutôt qu'elle adresseroit à elle-même, que de laisser son sac à ouvrage sans ces précieuses gentillesses.

Quelle grace n'a point ce sac, lorsqu'attaché à un bras divin, & pendant à la poche d'une robe immenſe, placée ſur un énorme panier, il fixe les yeux, & forme un joli contraſte entre ſa couleur & celle de l'habit! *Henriette*, Comteſſe de *Maſulipatan*, imagina cette maniere de placer les ſacs à ouvrage l'année 1739, qui paſſa à Vienne en 1743, à Londres en 1745, & à Pétersbourg avant-hier. Les modes ont une marche plus ou moins rapide, ſelon le génie des Nations. On voit dans Paris même des quartiers, où les modes n'arrivent que fort tard. Le Marais, par exemple, ne les reçoit jamais, ainſi que les nouvelles qui ſe débitent à la Cour, que trois mois après. Le Palais-Royal commence, le Fauxbourg Saint-Germain ſuit, d'où, après quelques ſemaines, les nouveautés prennent l'essor, arrivent dans l'Isle Saint-Louis, & viennent enfin, comme par hazard, se fixer au Marais, & sur-tout dans la vieille Rue du Temple, où il y a, au moins, quatre-vingt vieilles Marquises ou Comtesses, qui ne savent que depuis hier la victoire des François remportée à Berghen, & qui se mouchent encore avec des mouchoirs rouges ou bleux.

Le Jardin de l'Hôtel *Soubise* est leur rendez-vous; & quel rendez-vous!.... Toutes ratatinées, malgré leur affectation à vouloir se rajeunir de vingt ans, on croit voir les siecles rassemblés, ou plutôt des Matrones qui viennent se raconter leurs aventures, & pleurer leurs charmes éclipsés. Nouvelle terre, nouveaux cieux. Si quelque Mousquetaire, par hazard, en chenille, en petite canne, en joli plumet, paroît au milieu d'elles, les têtes se redressent, les gorges rebondissent, & chaque femme, comme la grenouille imitant le bœuf, & prête à crever dans sa peau, ou plutôt comme le dindon qui redresse son cou, qui fait la roue, & qui prend une démarche imposante, s'approche, & tâche, au milieu de mille œillades & de mille soupirs, de fixer le Cavalier : mais elles ne pensent pas, les bonnes Dames, que ce ne sont pas leurs graces qu'il suppute, puisqu'elles n'en ont point ; mais les vieux louis, qui peuvent se trouver dans leur coffre, & dont il a grand besoin pour se donner un très-leſte équipage.

Il y a vingt ans que la Préſidente de ****, qu'on pouvoit nommer la Reine du Marais, fut ainſi dupée par un aimable Comte. Voyez ſes Mémoires imprimés à Lauſanne, en 1744. Elle raconte toute l'aventure, comme elle fut trompée par des propos enchanteurs, par un minois de ſéduction, par des airs de Cour, & comme enfin le jeune homme en queſtion, devenu Amant & Maître, la réduiſit preſqu'à la mendicité. Notre pauvre Marais, dit-elle à cette occaſion, eſt infeſté de jeunes Cavaliers, qui n'ont point d'autre reſſource que notre complaiſance, & qui nous prenant pour des lanſquenets, gagnent tout notre argent, & déchirent nos maisons de pierres de taille, comme on feroit du taffetas.

Le jeu de l'Eventail chez ces sortes de femmes a encore quelques graces; car il est bon d'observer que c'est le dernier agrément qui meurt chez les Dames. On prend un gant pour cacher la main toute ridée, & qui semble une patte d'oie, &, moyennant cette ruse, les mouvements paroissent encore élégants, & se ressentir de leur premiere qualité. Ainsi l'Eventail est de toute saison, & jusques dans la vieillesse il est d'un grand secours. La Baronne *Glinglof*, femme brouillée depuis plus de vingt ans avec son extrait de baptême & son miroir, disoit l'autre jour que de toutes les vanités du monde qu'elle avoit touchées, il ne lui restoit plus qu'un Eventail à manier. C'est, du moins, une ressource pour les personnes d'âge que chacun fuit; car, n'en déplaise à *Newton*, son attraction générale devoit souffrir une exception à l'égard des vieilles femmes. Elles n'attirent rien, & repoussent tout le monde.

CHA-

CHAPITRE II.

Des Toilettes.

PERSONNE n'ignore qu'on doit à Messieurs les Singes l'invention des Toilettes. Il y en avoit deux dans le Serrail du Grand-Seigneur, qu'on trouva en 1514 vis-à-vis d'une glace, & qui, très-proprement assis sur leur postérieur, se frottoient le visage, & se peignoient la tête avec grace. Cependant le Chevalier *Maurisocar*, dans le dix-neuvieme Volume de son magnifique Ouvrage sur les grands airs, prétend que ce furent les Chats qui inspirerent à nos Dames l'envie de se débarbouiller avec symmétrie, & que la premiere qui copia son

Chat, s'appelloit la Baronne de *Carbalotin*. Il ne donne pas plus de cent trente ans à cette époque : quoi qu'il en ſoit, il n'y en a pas cinquante que le beau Sexe ignoroit l'art de ſe mirer pendant des heures entieres, de ſe farder & de ſe moucheter. La Princeſſe, comme la Bourgeoiſe, prenoit tout ſimplement une éponge imbibée d'eau très-ordinaire, &, tout en courant, ſe lavoit la face. Que les mœurs ont changé!

Je ne ferai point de digreſſion ſur la maniere de placer les Toilettes. On ſait aſſez communément qu'il ne faut pas les expoſer aux viſites du ſoleil, crainte que quelque rayon impertinent ne vînt à frapper les joues d'une maniere indécente, & à deshonorer un beau visage par des taches ou des rougeurs. *Alcigros*, dans sa Physique, dit positivement que les Toilettes doivent se placer dans des cabinets qui soient exposés au Nord; mais chaque personne, sur cet article, doit suivre son goût, & chercher la commodité.

Quelle description immense ne nous fourniroit point tout le détail d'une Toilette, si nous voulions analyser par parties ce qui la compose! Eaux, poudres, fards, pâtes, mouches, odeurs, vermillons, rubans, tresses, aigrettes, perles, diamants, colliers, boucles d'oreille, bracelets, fleurs; quel attirail! On feroit un Dictionnaire de tous les noms & surnoms des seules poudres & des seules odeurs qui accompagnent la Toilette d'une femme du bel air. Mais, comme nous ſuppoſons nos Lecteurs ſuffiſamment inſtruits de ces précieuſes frivolités, nous nous bornerons à peindre les aventures qui ſe paſſent aux Toilettes. C'eſt un cabinet à bonne fortune, qu'un cabinet de Toilette; & c'eſt là que la galanterie, comme dans ſon trône, reçoit des billets doux, les renvoie, introduit l'amour & le congédie, le careſſe & le gronde, l'agace & l'arrête; c'eſt là que le Marquis diſpute avec le Chevalier de la conquête de la jolie Veuve, ou de la divine Comteſſe, & qu'on fait aſſaut de bel eſprit; c'eſt là que des perroquets, des ſerins & des chiens ſe ſuccedent, pour venir ſe faire admirer, baiſer & lécher;

c'eſt là que des femmes-de-chambre toutes tremblantes ſont renvoyées, rappellées, & toujours grondées, & qu'un pauvre Friſeur, le peigne en l'air pendant deux heures, attend qu'une tête de girouette ſe fixe, pour pouvoir enfin faire une boucle à la dérobée; c'eſt là que deux ſonnettes vont & viennent, avec un carillon qui étourdit tout le monde, & qui ſe mêle avec mille reproches qu'on fait à un Soupirant qui vient s'excuſer; c'eſt delà que cent commiſſions tout à la fois, & preſque toujours contraires les unes aux autres, partent, pour aller mettre toute la livrée en campagne, & la diſtribuer dans tous les quartiers de Paris où l'on doit prendre l'affiche de la Comédie, acheter des bouquets, s'informer comment le petit chien du Duc a passé la nuit, quand la Présidente *** ira en campagne, quand la Marchande de modes apportera des rubans d'un nouveau goût, quand la Coëffeuse pourra venir, quand le vis-à-vis sera peint, &c. C'est enfin dans un cabinet de Toilette, où un Abbé de fondation raconte les historiettes galantes, fait le petit bouffon, s'unit au Médecin pour complimenter Madame sur son magnifique teint, sa brillante santé, la collection de ses graces, l'enjouement de son esprit, & pour faire la critique de la Brochure courante; car une Toilette seroit ignoble sans des Brochures.

Mais pour bien juger des Toilettes, il faudroit voir les femmes lorſqu'elles s'y préſentent, & lorſqu'elles en ſortent. On peut dire qu'une Toilette eſt une réſurrection qui ranime des ſquélettes, qui embellit des cadavres, & qui leur donne un éclat ſurprenant. Des dents y naiſſent, des yeux morts s'y réveillent, des haleines y prennent une odeur de tubéreuſe & de jaſmin, des cheveux s'y colorent, des ſourcils s'y noirciſſent, des fronts s'y dérident, des peaux s'y blanchiſſent, & il n'y a que de grandes bouches, qui, par le plus grand des malheurs, ne peuvent s'y rétrecir; & encore le Médecin *Pamoiſor*, dans ſes *Obſervations Hippocratiques*, ne déſeſpere-t-il pas de trouver un remede qui puiſſe opérer ce prodige.

Combien de femmes, qui font des vœux pour que cela réussisse, & combien de Demoiselles, qui en attendent le succès, pour oser se présenter dans le grand monde! quoique *Sanori*, grand Physionomiste de Padoue, soutient que jamais grande bouche n'a enlaidi beau visage; mais peut-être seroit-ce parce qu'elle ne s'y est jamais trouvée.

Les Toilettes étoient beaucoup plus mourantes au commencement du siecle. Un pinceau timide ne se promenoit qu'en tremblant sur les visages, & sembloit ne leur donner qu'à regret un soupçon de rougeur; mais depuis que la célebre Duchesse de *Saviris* osa la premiere se rougir comme une roue de carrosse, les Toilettes parurent des atteliers de Peintres. On y trouva les plus beaux vermillons, & le carmin prit la place du crespon de Strasbourg : on ne se contenta pas de paroître vermeil; on voulut devenir incarnat & nacarat. Il est bien juste que des visages qui ne savent plus rougir de pudeur, rougissent, au moins, par artifice. C'est là remarque que fait un bon Missionnaire, dans son Livre *de la Seringue spirituelle pour les ames constipées en dévotion*. Voici le passage tel qu'il est mot à mot à la page 180. *Vilaines carcasses, cloaques d'infection, bourbiers d'immondices, n'avez-vous pas honte de vous tourner & retourner dans la chaudiere de l'amour illicite, & d'y rougir comme les écrevisses, lorsqu'elles cui-*

ſent, pour vous faire des adorateurs? Au reſte, il eſt juſte que des viſages qui ne ſavent plus rougir de pudeur, rougiſſent, au moins, par artifice; mais puiſque vous avez voulu imiter la rougeur des écreviſſes, comme elles, vous irez à reculons dans la voie du Ciel.

Il y a différentes ſortes de Toilettes. Celles de cérémonie ſe font toujours en grondant, celles de voyage en frédonnant, celles de négligé en s'évanouiſſant, celles de galanterie en ſe pâmant, celles de dévotion en tempêtant, celles de campagne en liſant. C'eſt l'art du grand monde, que celui de ſe modifier ſelon les lieux & les circonſtances, & de ſavoir les moments où l'on doit rire & où l'on doit ſe fâcher, où l'on doit froncer le ſourcil & clignoter des yeux. Il faut encore qu'une femme du bel air connoiffe l'optique, afin de prévoir, pendant fa Toilette, l'impreffion que les couleurs de fon vifage pourront faire fur un jeune homme de vingt ans à certaine diftance. On s'imagine que les Dames ne penfent à rien, & que toute leur vie eft l'art de ne point réfléchir. Quelle méprife! Il n'y a point de Savant auffi occupé au milieu d'une Bibliotheque, qu'une femme à fa Toilette. Elle étudie alors, avec des efforts d'efprit extraordinaires, la maniere de rendre intéreffant un vifage fouvent laid & ftupide, de donner à des yeux éteints une vivacité raviffante, & de rétrecir une bouche qui fe perd jufqu'aux oreilles; elle fe rappelle toutes les aſſemblées où elle doit al-ler, & elle imagine toutes les poſtu-res qu'elle doit prendre, tous les points de vue qui lui ſeront favora-bles, afin de pouvoir s'y placer; elle ſuppute à quelle diſtance elle doit ſe mettre des Cavaliers qui l'agace-ront, & elle regle ces diſtances ſe-lon les âges; elle parle à ſon miroir, pour apprendre à parler joliment au milieu des cercles, & il n'y a point de geſte & point de grimace qu'elle ne faſſe, pour ne rien hazarder dans les compagnies. Tout ceci n'eſt qu'une légere idée de l'étude des femmes à leur Toilette. Il y en a qui y liſent leur converſation, & d'au-tres qui apprennent de belles phra-ſes de quelque Abbé Poupin, habile dans l'art de plaire & d'inſtruire.

La Toilette eſt donc le magaſin des agréments, le réſervoir des gra- ces, l'école du ſavoir-vivre & de la galanterie. Supprimez les Toi- lettes, & nos femmes, attentives à leur ménage, ſans fard & ſans ap- prêt, comme nos groſſes Hollan- doiſes, ne ſauront, ni médire, ni parler avec inſolence, ni faire des infidélités à leurs maris, ni ſe pré- ſenter, ni caqueter. On n'aime ſou- vent un pâté qu'à cauſe de ſa croû- te ; on veut des viſages plâtrés, parce qu'on veut de la duplicité. La candeur n'eſt plus bonne, ni dans les mœurs, ni dans les phy- ſionomies. C'eſt une vertu de vil- lage, qui ne convient réellement qu'à des payſannes, & qu'on a bien fait de bannir de nos villes. Une

Bergere, avec le ſimple rouge que la Nature lui a donné, ſe mire dans une fontaine, & ſe fait une fontange de roſes, ou de bluets. Cela ne ſuppoſe, ſans doute, aucun eſprit; mais une Dame de Cour ſe métamorphoſe, & ſe peint d'invention. Voilà comme s'annoncent les génies.

Mr. *Varnoſelli* dit, qu'il faut plus de talent pour ſavoir appliquer une mouche à propos, & pouvoir diſtinguer quand elle doit être placée en petit aſſaſſin, que pour compoſer dix volumes *in-folio* ſur les Conſtitutions Germaniques. Sa raiſon eſt, qu'avec de la ſeule patience & de la ſeule mémoire, on vient à bout de pareils Ouvrages; au lieu que jamais on n'emploiera bien les mouches, ſi l'on n'a de l'imagination

& du goût. Je ne prononce point ſur une pareille queſtion; mais je ſais tout ſimplement que toute la ſcience ne vaut pas un grain d'eſprit, & qu'il eſt fâcheux qu'en Allemagne on ne connoiſſe d'hommes d'eſprit que les hommes ſavants.

La France, bien plus éclairée ſur cet article, aime mieux une Marchande de modes, qui travaille de goût, une Comédienne, qui perfectionne l'art de déclamer, un Verniſſeur, qui imagine un nouveau vernis, un Cuiſinier, qui trouve une nouvelle ſauſſe, un Petit-Maître, qui invente un joli mot, que toutes les découvertes des Savantaſſes d'Allemagne & d'Italie, dont les recherches vont ſe perdre dans l'étude des Loix & des Antiquités.

Avec une mâchoire de pierre de taille, un cul de plomb, & un bon ſens gros comme les tours de Notre-Dame, on peut devenir un homme ſublime en ces deux genres.

Mais nous avons amplement parlé des Toilettes, & juſqu'ici nous n'avons pas ençore nommé l'ambre, qui en eſt la perfection & l'ame, & qu'on peut appeller la pierre de touche, pour diſtinguer les perſonnes du bel air, de celles qui n'en ont que l'apparence. Je vois des femmes qui ont la rage de faire parfumer leurs appartements, ne pouvoir abſolument ſupporter la moindre idée de muſc. Mauvais ton! & qui nous prouve qu'il n'y a que des nez Pariſiens faits pour orner de jolis viſages, & pour donner de la grace aux femmes de qualité. Mais peut-être est-ce un ton chez les Etrangers de se feindre malades, au souvenir seul de l'ambre ; car ces Messieurs, ne sachant s'évanouir à propos, auront imaginé qu'il étoit beau de perdre connoissance, précisément dans l'instant où un homme musqué paroîtroit. Ah ! si l'on avoit un cours de Modes, comme un cours de Belles-Lettres, ces méprises n'arriveroient pas, & toutes les Nations de concert ne s'évanouiroient réellement que dans les circonstances où il faut nécessairement s'évanouir.

L'histoire de l'ambre seroit trop longue à rapporter ; il suffit de dire que ce trésor étoit demeuré long-temps comme enfoui, & que nous devons à une Dame Suédoise l'honneur de l'avoir remis en vogue. Cette Dame s'appelloit *Caglira*; elle avoit de beaux ſecrets, & de grandes connoiſſances, qui la rendoient ſi ſupérieure au reſte des femmes, qu'on diſoit, pour la déſigner, qu'elle étoit toujours à califourchon ſur l'Arc-en-ciel. Il eſt vrai qu'elle aimoit beaucoup les cometes; mais ſon goût pour l'Aſtronomie, & pour toutes les hautes Sciences, ne l'empêchoit point d'être galante, & c'étoit, pour mieux réuſſir dans cet art, qu'elle reſſuſcita l'ambre comme un philtre capable d'attirer les cœurs. Ses expreſſions étoient fort recherchées, & en cela bien différentes de ſes inclinations, qui ſe contentoient de tout ce qui tomboit ſous ſa main. Elle exiſtoit ainſi, lorſqu'en 1717 elle mourut de déſeſpoir de n'avoir pu déraciner une groſſe lentille qu'elle avoit au viſage. On trouva dans ſes papiers, car elle écrivoit beaucoup, qu'il n'y avoit qu'un élément qui étoit l'eau, & qui avoit toujours exiſté, & que le monde, par conſéquent, n'avoit été formé que par fuſion. L'eau, en coulant, avoit laiſſé un ſédiment qui conſtituoit la terre, & répandu des vapeurs, d'où naiſſoient l'air & le feu. Mais laiſſons ces chimeres philoſophiques, & reprenons notre ſujet.

Les Toilettes, qu'on ne ſoupçonnoit pas pouvoir convenir à perſonne qu'à des femmes, devinrent, au commencement de ce ſiecle, un meuble indiſpenſable pour les hommes du bel air. Il n'y eut pas, juſqu'à des Commis, & même des Valets-de-chambre qui ne tenterent d'en avoir, & ce fut dans Paris un tel fanatiſme pour les Toilettes, qu'on y confondit bientôt les deux ſexes. Le Cavalier parut auſſi efféminé que les Dames mêmes, & comme elles, il eut ſes poudres, ſes mouches, ſes odeurs, & ſes fards : des manchettes à double rang ſuivirent, des blondes galonnerent des habits, & les habits furent de taffetas de toutes couleurs. On n'entra plus chez les jeunes gens, ſans y trouver des tables artiſtement travaillées, & très-élégamment décorées de bougeoirs, de boîtes, de flacons, de ſonnettes, de broſſes, de rubans, d'étuis, de bagues, de miroirs, & quelquefois même de boucles d'oreilles. Tel eſt l'endroit où la belle jeuneſſe paſſe une partie du jour, où elle ſe décraſſe, elle ſe pâte, elle ſe parfume, & ſouvent elle ſe peint; tel eſt l'endroit où les faiſeurs de commiſſions ſecretes, & les porteurs de billets doux ſe raſſemblent les matins pour recevoir de l'argent, où les Marchands d'étoffes & ſur-tout de galons, avec qui l'on veut faire des affaires, ſont convoqués, où les Prêteurs ſur gages & à gros intérêts ont coutume de ſe trouver; tel eſt l'endroit où l'on parcourt dix à douze Brochures dans un quart-d'heure, d'où l'on écrit cent lettres qu'on déchire, & qu'on recommence toujours ſans jamais finir, & d'où l'on fait appeller les plus fameuſes Bouquetieres, afin d'avoir des fleurs artiſtement étagées.

Que ne dirions-nous point ici de ces bouquets, qui ſont une ſuite de la Toilette, & qui, gros comme la gorge d'une nourrice, obombrent la poitrine de nos Petits-Maîtres, & les rendent autant de parterres ambulants? On diroit, à les voir avec leurs fagots de fleurs, qu'ils ont dépouillé tous les jardins, & que ſe défiant des charmes de leurs viſages, ils ont recours à ceux d'un bouquet, pour fixer les yeux du beau Sexe. Ce ſtratagême a ſouvent réuſſi : l'Amour eſt ſi fantaſque, que tantôt il s'accroche à une roſe, & tantôt à un ſourire : les je ne sais quoi lui plaisent, parce que jamais il ne veut rendre compte de ce qui l'a captivé. *Bocus*, dans son Livre sur l'allongement du petit doigt, assure que mille & mille fois ce geste, qui ne paroît rien signifier, a subjugué les cœurs les plus indociles, & triomphé de la résistance de dix & vingt années.

Il est encore indécis, si les Petits-Maîtres ont plus d'élégance à la Toilette que les Petites-Maîtresses. *Palasur*, qui a traité amplement cette question dans cinq volumes *in-quarto*, y trouve la même différence qu'entre les Singes : *Idem discrimen est inter trossulos & trossulas, ac inter simias.* Ce qu'il y a de certain, c'est que l'habitude étant une seconde nature, comme dit *Horace*, les Petits-Maîtres doivent réussir aujourd'hui dans l'art de se parer, ainsi que les femmes. La parure apprivoise beaucoup plus les hommes que la musique. On ne devient pas douillet comme un son, mais comme un habit d'hermine qu'on porte. Les mœurs se veloutent à force de ne porter que du velours, comme l'esprit brille à force de voir des brillants. L'ame suit les impressions du corps, dit élégamment *Platon* dans son Livre de l'*Immortalité des Ames*, & il faut convenir que les Russes ont l'esprit beaucoup plus agile & plus élevé, depuis que *Pierre le Grand* les fit raser, & habiller à la Françoise. Ici les Capucins crieront à l'héréfie; mais le fait en sera-t-il moins vrai?

CHA-

CHAPITRE III.

Des Etiquettes.

CERTAINS Princes, qui s'appellent l'Ombre de Dieu, le Cousin de la Lune, le Frere du Soleil, l'Ami des Etoiles, & qu'on connoît sous le nom de Grands-Mogols, sont les premiers à qui l'on doit l'usage des Etiquettes. *Aspabaros II*, l'homme le plus orgueilleux qui ait jamais existé, imagina, lorsqu'il monta sur le trône en 997, que sa gloire en souffriroit, si l'on ne se prosternoit pas la face en terre lorsqu'il paroissoit. Il y eut trois cents cinquante-deux Officiers qui périrent dans un seul jour, pour avoir osé se moucher en sa présence. Il prétendoit que tous les sourires, les regards, les gestes & les pas, devoient être dirigés de maniere à désigner un air esclave & rampant; de sorte qu'*Ysakiras*, son favori, fut impitoyablement empalé, pour n'avoir pas ridé son front à propos.

Junius aura beau dire dans ses Commentaires sur *Marinorus*, que les Etiquettes viennent primordialement des Pasnites : les faits que nous alléguons, n'en seront pas moins vrais. Ce ne fut qu'au treizieme siecle que la Pasnie, instruite des cérémonies de la Cour du Mogol, voulut les copier; mais bientôt elle enchérit, & ses fêtes de Cour devinrent des usages si tyranniques, qu'on ne pouvoit, ni s'asseoir, ni s'agenouiller, ni se tenir debout. Le corps étoit obligé de ſe courber, les jambes de ſe plier & de s'entrelacer, & il falloit demeurer dans cette poſition trois quarts-d'heure & trois minutes & demie que duroit le cérémonial.

Quelque rigoureuſe que fût cette coutume, elle n'étoit rien en comparaiſon de toutes les ſalutations, de toutes les révérences, de tous les tours & contours qu'on devoit faire, lorſqu'on entroit chez un Seigneur, & lorſqu'on en ſortoit. Il y avoit vingt ſortes de ſiéges différents dans chaque Palais, qui déſignoient les titres & la condition; vingt plats différents à chaque ſervice, dont on ne pouvoit manger que ſelon ſon rang. Le faiſan étoit pour les eſtomacs royaux, la perdrix pour les bouches ducales, la grive pour les gosiers nobles, le cochon pour tout le monde. Il en étoit ainsi des vins, & l'on ne pouvoit boire que debout, & à la santé de tous les Seigneurs du Royaume, tant morts, que vivants. Cette coutume passa en Solmare en 1530, & elle s'y maintient encore sur-tout chez la petite Noblesse.

La Cicorinde, jugeant que de pareilles Etiquettes s'accorderoient très-fort avec sa gravité, les adopta solemnellement dans une de ses assemblées l'an 1548, & décida qu'il ne seroit plus permis de saluer, de marcher, de cracher, & même de tousser qu'à la Pasnite. Voici les termes du Décret que nous avons extrait du Code Cicorindien: *Nemini licitum erit ſalutare, deambulare, ſpuere, & etiam tuſſitare, niſi more Paſnitico.* Cap. VIII. pag. 96.

Les Dames, ajoute le même Décret, ne pourront paroître qu'en vertugadins, & elles porteront des caleçons de peau : *Matronæ nobiles non exibunt niſi cum virtugadinis, & femoralibus ex pelle.* Il y eut pluſieurs réglements pour les repas; entre autres, on y défendit le fromage, comme un ſigne qui diſtingueroit une Nation Chapitrale du reſte des Peuples; & c'eſt depuis cette époque qu'on ne voit preſque jamais de fromage ſur les tables de Cicorinde.

Je ne ſais combien de petits Princes, mille fois plus ſuperbes que les premiers Potentats de l'Univers, trouverent dans les Etiquettes dequoi relever beaucoup leur dignité; & ils ſe hâterent, en conſéquence, de les multiplier autant qu'il ſeroit poſſible : ils penſerent que des révérences éternelles, & des ſalutations à toute outrance les dédommageroient de leur petit crédit, de leurs petits Etats, & de leur petit nombre de Soldats. On n'oſa plus dès lors accueillir les Etrangers qu'avec des manieres preſqu'impolies, & les femmes à ſoixante & douze quartiers ſe faiſoient gloire au ſeizieme ſiecle de ne répondre que par ſoixante & douze impertinences. Les converſations devinrent ſilencieuſes, les Princes des Idoles Chinoiſes qu'on n'oſoit preſque regarder, & dans toutes les aſſemblées on ne ſaluoit plus personne que du coin de l'œil. Il y avoit des coëffes, des éventails, & des pantoufles pour tous les différents Gala, qui prirent avec une telle fureur, qu'un certain *Sigismond*, tout-à-fait grand Seigneur, & demi-Souverain en Sagape, disoit qu'il donneroit cent mille jours de vie pour cent jours de Gala.

Les Firans, contents des Etiquettes qu'ils avoient héritées de leurs peres, trouverent que c'étoit bien assez de faire servir à dîner à leurs Rois morts, & de leur annoncer des visites, comme s'ils étoient encore vivants, & conséquemment ils rejetterent les Gala. D'ailleurs, la liberté des Firans jointe à leurs manieres enjouées, n'auroit jamais pu se plier au cérémonial des étrangers.

Les Volpiens, au contraire, escaladoient tous les superlatifs, gardoient sous la clef leurs femmes, qui ne pouvoient paroître en public qu'aux Fêtes annuables, & s'acquittoient en longs compliments de tous les services qu'ils promettoient de rendre. Leur maintien étoit austere, leurs titres pompeux, & leurs prétentions hyperboliques ainsi que leurs paroles. Ce furent eux, qui, ne trouvant plus de terme pour honorer des Princes d'une classe à part, dépouillerent nos pauvres montagnes du titre d'Eminence, & les en affublerent. Mille fois les Ambassadeurs des Cours étrangeres se brouillerent avec *Garos*, pour la formalité de certaines Etiquettes; & il n'y eut pas jusqu'aux domestiques, qui n'eurent leur cérémonial : ils vont pompeusement mettre tout homme qui arrive à contribution.

Quant aux Taurides, chez qui l'on ne peut aller dîner sans payer largement leurs valets, ils convertirent en Etiquettes leur maniere d'agir & de penser, c'est-à-dire, leur hypocondrie, leur intempérance, leur indépendance. Ainsi dans le désespoir on doit se pendre; dans la rêverie s'enivrer de punch, à la promenade insulter les Etrangers, se battre à coups de poing avec eux, & dans les événements militaires & civils faire courir d'horribles libelles contre les Ministres & le Roi. Tel est le ton du pays; & quiconque ne le fait pas, est méprisé comme un chien ou comme un Firan. Mais l'Etiquette de bruler le Pape tous les ans, de ne plus reconnoître un ami d'un moment à l'autre, & d'aller manger ses guinées à la Taverne, sont des cérémonies du premier ordre.

Les Marinistes eurent aussi leurs Etiquettes. Celle de cracher dans une soucoupe, qu'on met au milieu de la table, crainte de gâter le plancher, & celle de fumer gravement au nez de quiconque ne sauroit souffrir l'odeur du tabac, parurent des moyens dignes de caractériser leur Nation. Ils ne s'en tinrent pas là; ils voulurent que leurs escaliers, plus propres que leurs plats, que leurs perruques, plus volumineuses que leurs matelats, devinssent des marques de distinction, & que les femmes, à force de prendre du thé, devinssent autant de théieres où les enfants barbotent avant de naître, & n'arrivent dans ce monde qu'en nageant.

Les Okrias, excepté des habits doublés de drap d'or, & la défense de jamais parler de la bonne ou mauvaise santé de leurs Souverains, n'avoient point d'Etiquettes. Ils les abandonnerent à leur Eglise, qui fait autant de compliments & de révérences à ses Saints, que les Orientaux en peuvent faire à leurs Princes.

Les Sikas & les Pocras, que nous allions ici ensemble, quoiqu'ils ne puissent se souffrir, portoient régulièrement les mains derriere le dos, se frottoient le menton avant d'ouvrir la bouche, & ce ne fut qu'en 1697 qu'ils perdirent cette Etiquette, pour prendre des manieres un peu gasconnes.

Les Turcs se mouchoient très-proprement avec les doigts, les Africains lapoient en buvant comme les chiens, & généralement toutes les Nations avoient des cérémonies rélatives à leurs préjugés & à leurs mœurs. Mais l'année 1740, qui fut l'époque où tout le monde voulut être Firan, comme autrefois tout le monde étoit Romain, les Etiquettes diminuerent considérablement, & sur-tout en Cicorinde. *Amélie*, plutôt Déesse que Reine, & dont les vertus méritent des autels, substitua la politesse, l'aisance & l'affabilité à tous les airs d'ostentation & de cérémonie; de sorte que si elle étoit imitée, les femmes parleroient aux Etrangers, ne les salueroient pas en Pagodes, & Thermos seroit la ville la plus charmante de l'Univers.

Cependant on continua toujours de distinguer une premiere Noblesse d'une seconde, & même d'une troisieme; on continua de fesser les Chanoines de certains Chapitres à leur réception; on continua de se faire suivre par des Chasseurs au milieu des Villes, comme si l'on étoit alors au milieu d'un troupeau de bêtes fauves; on continua à regarder comme une personne deshonorée, quiconque touchoit un chien mort; on continua à se piquer la langue avec des fourchettes à deux dents, ou plutôt des fourches, & à faire d'énormes serrures où il y a plus de ressorts que dans une horloge; on continua enfin à surcharger les lettres d'adresses, qui ont toujours dix-sept à dix-huit lignes tout au moins, & qui sont bien plutôt des généalogies, que des adresses. Quant au Peuple, il est encore aujourd'hui ce qu'il étoit il y a cinq cents ans, s'habillant de même, & buvant de même, selon ces deux Vers de *Wardik*:

Tantôt en verd, tantôt en bleu,
Il boit beaucoup & parle peu.

Je reviens aux adresses; car chez les honnêtes gens, elles ne sont pas des Etiquettes à mépriser. Il y a eu de grandes contestations pour savoir précisément l'époque où l'on commença à décorer le dessus des Lettres de titres honorifiques. *Sandros* la place au milieu du quinzieme siecle, & *Tamboneau* prétend que ce fut sitôt après les Croisades, qu'on vit des adresses d'une page entiere : cela paroît assez vraisemblable, attendu que les Croisés marquoient leurs noms, surnoms & qualités, lorsqu'ils s'écrivoient, sans doute comme remarque *Maimbourg*, pour pouvoir se retrouver au milieu des armées. Quoi qu'il en soit, les Lettres, au seizieme siecle, ne contenoient que des énumérations de dignités. *Très-haut*, *très-magnifique*, *très-excellent*, *très-clément*, *très-brillant*, *très-discret*, *très-vénérable*, *très-docte*, *très-sage*, &c. Tel étoit le début des adresses. Il sembloit que le style oriental n'avoit été créé que pour embellir & allonger le dessus des Lettres. Cet usage, quoique un peu moins en vigueur, se perpétue encore. Il n'y a point de Joueur de cet instrument qu'on appelle *Serpent*, & dont on se sert dans les Eglises de Paris, à qui l'on n'écrive : *A Mr.****, très-digne Serpent.* Celui qui tenta, par le moyen de l'Electricité, de déterminer la Foudre dans sa chûte, ne reçoit plus de Lettres qu'à cette adresse : *A Mr.****, Directeur-Général du Tonnerre.*

Jean-Jacques Rousseau, Citoyen de Geneve, qui ne veut être appellé, ni *Monsieur*, ni *Maître*, seroit mort de honte & de chagrin, s'il se fût trouvé dans une place où on l'eût l'eût *excellencisé*, *monseigneurisé* & *principisé*. Il est, sans doute, plus humble que les Prélats du siecle dernier, qui déciderent réellement dans une assemblée du Clergé, qu'ils s'appelleroient dorénavant *Grandeur* : aussi ont-ils bien soin d'employer ce titre comme le signal de leur humilité tout-à-fait évangélique. Ces distinctions passerent jusques chez les Moines, où il n'y a point de Provincial, de Gardien & de Lecteur qui ne succombent sous le poids des superlatifs qu'on leur prodigue. Les petits Moinichons sont obligés de se mettre à genoux devant les gros, & d'ôter révérencieusement leur calotte, lorsque quelque Révérence à triple menton vient à passer.

Il y a, outre cela, des Etiquettes générales pour tous les Pays. C'eſt une Etiquette, par exemple, de laiſſer perdre une bataille, & de deshonorer une Nation, plutôt que de révoquer un Commandant, qui ſera le plus ancien; c'eſt une Etiquette de mourir entre les mains du Médecin le plus meurtrier, pourvu qu'il ſoit le plus à la mode; c'eſt une Etiquette d'appeller ſes domeſtiques comme des chiens, en criant à tue-tête : *Hé hé*; c'eſt une Etiquette de préférer un riche ſot à un pauvre plein de talents; c'eſt une Etiquette de récompenſer ceux que la cabale préconiſe, & de punir, ou, tout au moins, d'écarter ceux que le mérite diſtingue; c'eſt une Etiquette de refuſer des penſions à de braves Officiers qui en ont besoin, & d'accabler de présents des Comédiens & des Farceurs ; c'est une Etiquette de joindre toujours la bêtise à l'orgueil, & de ne juger des hommes que par leurs habits.

Voilà comme tous les Peuples se rapprochent, sitôt qu'il s'agit d'immortaliser & d'étendre les ridicules & les vices. Je suis étonné de ce que nos Auteurs si féconds ne nous ont point encore donné une Comédie intitulée : *les Etiquettes*. On peut dire qu'une pareille Piece manque au Théâtre. On y peindroit la bizarrerie de plusieurs Nations, & sur-tout on auroit grand soin de bien rendre les assemblées de certains Pays, où l'on affecte de parler la langue que les Etrangers n'entendent point, ſitôt qu'ils ſe font voir, & de les laiſſer en converſation avec leurs belles penſées. On apprendroit au Public de combien de lignes courbes ſont les révérences du Miniſtre, ou du Duc, dans telle & telle circonſtance, & comme il eſt important de ne baiſſer la tête qu'à proportion des diamants & des galons qu'on apperçoit.

Il faut avouer qu'il y a des Seigneurs qui ſont tout bourgeoiſement, & qui ſaluent un homme à talents auſſi humblement que s'il étoit un perſonnage de Cour. Les Etiquettes empêchent de pareils déſordres; car elles dirigent & compaſſent tellement les démarches & les regards de tous ceux qui ſont en place, que les gens de mérite n'attrapent jamais un ſalut gracieux, qu'en cas de diſtraction. Ce furent les Etiquettes qui firent appeller la femme d'un Préſident, Madame la Préſidente, & celle d'un Maréchal, Madame la Maréchale; car comment eût-on jamais imaginé, ſans les Etiquettes, que les charges d'un mari, telles que celles de rendre la Juſtice, ou de conduire les Armées, duſſent refluer ſur des femmes, au point de leur mériter les mêmes titres?

Il n'y eut que le déſœuvrement & la vanité qui engendrerent les Etiquettes. Il falloit, ſans doute, un paſſe-temps, qui, en ſatisfaiſant l'orgueil, remédiât à l'ennui. Voir une femme qui fait des révérences à toute outrance, un homme qui paroît une ſtatue, une foule de perſonnes qui s'habillent & ſe déshabillent, ſe galonnent & ſe dégalonnent, pour aller complimenter des Dames aux jours de leur naiſſance & de leur nom, de leur ſaignée & de leur purgation; tout cela fait ſpectacle. Le monde eſt par lui-même ſi peu divertiſſant, que ſi on ne l'accommodoit de maniere à nous éblouir, chacun ne penſeroit qu'à le quitter; mais on le tourne & retourne de toutes façons, & on lui fait prendre tant de plis différents & tant d'attitudes, qu'à la fin il amuſe. Quel mérite n'auroit pas en Cicorinde un homme qui auroit aſſiſté à tous les baptêmes & à tous les mariages! Il ſeroit, de droit, Grand-Maître des Cérémonies, &

chacun iroit le consulter comme l'Oracle de la Ville, afin d'apprendre, de sa propre bouche, l'Almanach des Etiquettes.

Quand je pense que la Souveraine de Pasnie doit, selon le rapport de Madame *Daunoi*, se coucher à dix heures, & que si elle y manque, ses femmes entrent, la décoëffent & la déchaussent bon gré malgré, je regarde les Etiquettes comme la plus affreuse tyrannie. *Moricene*, l'élixir des graces & des agréments, mourut l'an dernier, au grand regret de ses adorateurs, pour n'avoir pas voulu manquer à un cérémonial qui l'obligeoit de porter deux livres de girandoles à ses oreilles; & la petite *Campionette*, quoique de la septieme Noblesſe, eut une attaque d'épilepſie à l'aſpect d'un ruban bleu, qu'elle avoit pris un jour que toutes les femmes étoient en jaune, pour honorer leurs maris.

Mais n'inſultons point aux uſages du beau monde, & convenons que des Dames ſolemnelles comme le jour de Pâques, & parées comme des Autels, impriment une vénération dont elles ont beſoin pour faire oublier leurs bizarreries, leur humeur & toutes leurs miſeres ; convenons que ſi l'on ne ſe divertit pas dans une Ville à Etiquettes, on y trouve, au moins, de continuelles occaſions d'admirer, & que de tous les ſentiments dont l'ame eſt capable, l'admiration eſt le plus ſublime.

TESTAMENT

De Messire Alexandre - Hercule Epaminondas, *Chevalier de Muscoloris, Grand - Petit - Maître de l'Ordre de la Frivolité.*

JE me flatte qu'il n'y aura point de contestations par rapport à ce Testament; que son authenticité n'aura pas besoin, comme celui du Cardinal de *Richelieu*, de la déposition d'une Duchesse, & du témoignage de tout un Hôtel-de-Ville, & qu'enfin Mr. de ***, si incrédule en fait de Testaments, croira au moins celui-ci. Je le tiens de la premiere main; le Sieur *Rosicoeur*, Notaire, à Paris, rue du Pet-au-Diable, qui l'a lui-même écrit ſous la dictée de Mr. le Comte de *Muſcoloris*, m'ayant donné la permiſſion d'en faire une copie.

Mais avant de la communiquer au Public, il me ſemble qu'il eſt à propos de donner une idée des talents & des belles qualités du Teſtateur. Il naquit en 1736, fils d'une mere pleine d'agréments, qui accoucha de lui au milieu d'un Bal, qui paſſa toute ſa vie dans les délices de la table & du jeu, & qui mourut à l'Opéra le plus gracieuſement qu'il eſt poſſible : ainſi le Comte de *Muſcoloris* put s'appeller l'enfant de la volupté. Tout concourut à le rendre magnifiquement heureux. Il étoit auſſi riche que beau, & auſſi-bien pris dans ſa taille, que spirituel. Le célebre *Marcel* ne forma jamais un plus élégant Danseur, & le Palais-Royal ne vit jamais un plus charmant Cavalier. Les trente-six articles qui constituent la beauté, selon les observations de *Minarotti*, se comptoient sur sa personne, & se prêtoient un secours mutuel pour en faire une collection de gentillesses & d'agréments.

Il n'avoit encore que huit ans, lorsqu'il imagina ce haussement d'épaules, & ces souliers pointus, qui depuis ont donné tant de grace à notre brillante jeunesse. Les indolences de voix, les négligences d'attitude, les élégances de sourire, lui devinrent si familieres, qu'il sembloit réellement né pour imprimer les belles manieres chez quiconque le regardoit. On ne peut imaginer toutes les graces qu'il donnoit à un ruban, à une bourse, à une manchette. Sa parure & ses gestes tournerent mille fois la tête à nos plus jolies femmes, & rendirent tous les Etrangers ses imitateurs. Il fut exactement leur poupée, & sur-tout en 1754, temps où il commença ses voyages. Il n'avoit que dix-huit ans, lorsqu'au milieu des pleurs de tout Paris, il en partit, pour voir les principales Cours de l'Europe. Les Marchandes de modes sanglotterent à ce départ, en pensant qu'elles perdoient leur modele; l'immortel *Scheling* poussa trois soupirs, qui s'exhaloient du fond du cœur; les Parfumeuses & les Bouquetieres déplorerent leur malheur; & les femmes mêmes du Marais s'abandonnerent au plus cruel désespoir, ayant osé se flatter jusqu'alors, que le Chevalier de *Muscoloris* leur accorderoit quelque jour une heure de son temps, pour leur laisser, au moins, respirer l'odeur de ses parfums. Mais quelle apparence!

Ce fut le 11 de Juin, que le Chevalier se mit en voyage. Cette entreprise si extraordinaire & si généreuse, chez un jeune Seigneur d'une Nation qui n'a coutume d'aller que de Paris à Saint-Cloud, & de Saint-Cloud à Versailles, lui mérita beaucoup d'éloges.

Quelles remarques ne fit-il pas sur sa route, & combien de fois ne gémit-il pas, en voyant des Peuples qui n'avoient, ni politesse, ni parure, & qui ne connoissoient pas même les bonnes odeurs! Il n'eut point d'autre Gouverneur que lui-même, pensant, avec raison, qu'une troupe de jolis serviteurs, & que deux équipages tout-à-fait lestes, lui donneroient plus de lustre que toutes les leçons & tous les conseils imaginables. Ses observations méritent d'être lues. Il considéra en personne vraiment habile, qu'à Londres il y avoit trop d'Anglois, qu'à La Haye on parloit Hollandois, qu'à Cologne on n'y voyoit point la Seine, qu'à Mayence on y mangeoit de la choukraut, qu'à Munich on vivoit à la maniere Allemande, qu'à Venise on n'y connoissoit de sens que celui du tact, qu'à Rome on ne soupoit qu'avec du chocolat, qu'à Naples on s'évanouissoit à l'odeur du musc, qu'à Florence, qu'à Genes on ne trouvoit point de Marchandes de modes, qu'à Turin on estropioit le François, qu'à Vienne on vous réveilloit à toutes les heures, pour annoncer qu'on pouvoit dormir, sans crainte du feu, qu'à Varsovie les femmes saluoient comme les hommes, qu'à Pétersbourg on y mouroit onze jours plus tard qu'ailleurs, qu'à Madrid on y mendioit très-superbement, qu'à Lisbonne on vivoit trop loin de Paris, qu'à Constantinople on portoit des moustaches, & qu'enfin par-tout hors de France on ne mangeoit, on ne buvoit, on ne dormoit, & l'on ne se réjouissoit que très-gothiquement.

Mr. de *Muscoloris*, au retour de ses voyages, rentra dans Paris, pour n'en plus sortir, pestant & jurant contre les Pays étrangers, où, selon lui, l'on ne sait, ni écrire élégamment, ni parler gras, ni faire une révérence, ni dire un bon mot à propos, ni en sentir la finesse, ni converser, ni se promener, ni jouir enfin des agréments de la vie. De telles remarques, jointes à mille belles manieres qui rendoient notre jeune Comte le prototype des graces, des modes & du bon goût, lui mériterent, à la fin de 1757, l'honneur d'entrer dans l'Ordre de la *Frivolité*. Ses talents s'y développerent avec tant d'éclat, qu'il fut unanimement élu Grand-Petit-Maître le 4 Janvier 1758.

Personne n'ignore que l'Ordre de la *Frivolité*, institué par le Marquis de *Futilet*, au commencement de ce siecle, est composé de trois cents vrais Petits-Maîtres, de six mille Petits-Maîtres manqués, qui sont les Freres servants. Les Statuts de l'Ordre prouvent le génie de l'Institution : aucune société ne peut se vanter d'en avoir de plus sages. Ils ont d'honnêtes valets, que le Peuple appelle Farauts.

Premiérement, les Chevaliers vivent répandus dans tout Paris, pour y entretenir le goût des modes, l'étendre, & le perfectionner; & ils ont des Députés, qui vont annuellement dans les Provinces annoncer les nouvelles manieres de parler, de s'habiller, de se friser, & de marcher.

Secondement, ils ne prennent jamais conseil que d'eux-mêmes, & ils rejettent toute autorité, soit divine, soit humaine, pour n'admettre de Religion que leur propre opinion. Ils pensent, sur cet article, que les modes d'aujourd'hui étant beaucoup plus excellentes que celles de l'an dernier, une croyance toute fraîche & toute neuve vaut beaucoup mieux qu'une croyance de six mille ans, & que la seule autorité d'un Petit-Maître doit nécessairement anéantir le témoignage de tous les Peuples & de toutes les Traditions.

Troisiémement, ils ont pour

maxime de ne jamais répondre à aucune objection ſolide, que par une ſaillie, une épigramme ou une turlupinade, & d'appuyer toutes leurs certitudes métaphyſiques & morales ſur la vérité des Romanciers & la doctrine des Poëtes.

Quatriémement, ils ſe diſent de même nature que les Bêtes; & ſi cependant on les appelle bêtes, ils doivent ſe battre à toute outrance, lorſqu'ils ont du courage.

Cinquiémement, ils ſont obligés de lire chaque ſemaine quelque Brochure courante, à moins qu'ils n'aient le talent d'en faire une; & c'eſt là que l'eſprit-fort doit briller, & le libertinage emprunter des couleurs ſéduiſantes.

Sixiémement, ils doivent n'adorer que leurs idées, n'estimer que leurs personnes, & se rendre amants de toutes les jolies femmes, sans en aimer aucune.

Septiémement, il leur est enjoint de répandre un air d'étourderie dans tout ce qu'ils disent & ce qu'ils font, de maniere à ne laisser appercevoir qu'un esprit bref & très-inconséquent.

Huitiémement, ils ne peuvent parler qu'en termes nouveaux, & leur langage doit toujours amener des équivoques.

Neuviémement, leurs principaux revenus sont assignés sur le Public, comme sur un fonds qui ne peut manquer; & plus on a l'art de contracter des dettes, plus on mérite d'égards.

Dixiémement, les heures de la toilette se réduisent à quatre, & c'est là qu'on apprend à tirer parti du moindre sourire, du moindre regard, & de tous les gestes dont l'élégance est capable. Quiconque, parmi les Petits-Maîtres, néglige la toilette, cesse, *ipso facto*, d'être Membre de l'Ordre.

Onziémement, les marques distinctives de l'Ordre varient selon les temps, excepté les parfums & les bouquets, qui sont destinés à perpétuité pour annoncer les Chevaliers de la *Frivolité*.

Douziémement, il n'est permis à aucun desdits Chevaliers d'avoir le moindre soupçon de modestie. Il faut qu'un air de suffisance, joint à tous les tons d'impertinence, caractérise, d'une maniere frappante, les Petits-maîtres réels & manqués, & c'est dans ce seul point que les Freres servants ont autant de privilége que les autres.

Le Chevalier de *Muscoloris*, loin de déroger à ces Réglements, lorsqu'il fut Grand-Maître, les maintint dans toute leur vigueur, & eut soin d'en ajouter un treizieme, celui d'être à l'affut de toutes les modes & de toutes les nouveautés qui paroissent, pour s'en parer aussitôt, & se donner du relief au milieu du beau monde. Il falloit voir avec quelle grace il présidoit aux Chapitres de l'Ordre, lorsqu'on y déliberoit sur la maniere de prendre du tabac, de se moucher, & de cracher. Ce fut lui qui proposa le premier l'introduction des souliers brodés, dont on se sert aujourd'hui avec tant d'applaudissement. Il avoit un goût pour imaginer des choses tout-à-fait miraculeuses; & c'est peut-être par cette raison, qu'il est mort si promptement. Les Destins se plaisent toujours à étouffer les beaux génies dès leur aurore.

Le trop aimable *Muscoloris* gagna la maladie dont il mourut, à la poursuite d'un papillon qui voltigeoit de fleurs en fleurs. Plusieurs Dames, admirant son agilité, & prenant plaisir à l'exciter à cette espece de jeu, furent cause qu'il s'échauffa. Une poudre d'eau survint, la pleurésie s'en mêla, & notre Adonis se flétrit tout-à-coup, & tomba comme un jeune jasmin que le vent déracine. Il avoit heureuſement prévu, (car nos Petits-Maîtres ont de la prévoyance,) qu'ayant le corps auſſi délicat que l'eſprit, il pourroit facilement ſe briſer, & conſéquemment il fit, deux ans avant ſa mort, le Teſtament dont il s'agit.

TESTAMENT.

„ Moi *Alexandre-Hercule Epa-*
„ *minondas*, Chevalier de *Muſco-*
„ *loris*, Grand-Petit-Maître de l'Or-
„ dre de la Frivolité, Seigneur de
„ Pomador, Ambreſec, & autres
„ Lieux, déclare que le hazard
„ m'ayant donné de gros biens, &
„ un eſprit de diſcernement pour
„ en faire un bon uſage, je ſuis

„ bien-

„ bien-aiſe, quoiqu'au printemps
„ de mes jours, d'expliquer mes
„ volontés, en cas d'accident.

„ Je me mets ſi ſouvent dans le
„ cas de mourir de plaiſir, ou
„ d'impatience, que je dois régler
„ ce qui doit arriver, lorſque je ne
„ ſerai plus.

„ Je n'examine point ici s'il y a
„ quelque choſe qui ſurvivra réel-
„ lement à mon corps, parce que
„ peu m'importe. Il eſt aujour-
„ d'hui d'uſage de préférer ſon
„ propre ſentiment à la plus
„ grande autorité qu'on puiſſe
„ imaginer, & je ſuis la coutume.
„ L'idée d'une autre vie m'allar-
„ meroit, & je veux être tran-
„ quille. Je riſque tout ; mais il
„ vaut mieux riſquer une éterni-

„ té, que d'essuyer un mauvais
„ quart-d'heure. D'ailleurs, je pas-
„ serois pour un esprit foible, si
„ je m'avisois de croire comme un
„ simple Artisan, & je dois, en fa-
„ veur de mes talents & de mon
„ nom, acquérir la réputation
„ d'esprit-fort. Je sens que mon
„ ame est toute différente de mon
„ corps; mais un homme de qua-
„ lité ne doit parler que comme
„ les personnes du bel air. Si la
„ mode revient de mourir chré-
„ tiennement comme nos Peres
„ sont morts pendant dix-sept sie-
„ cles, je réformerai ce Testa-
„ ment, & je ferai ma Profession
„ de Foi.

„ Si je tombe malade assez étour-
„ diment, pour n'avoir pas la rai-

„ son d'appeller un Médecin, on
„ fera venir celui qui est le plus
„ accrédité chez les femmes du
„ bon ton, & on le priera de ne
„ me donner que des apozemes
„ réjouissants à la vue, & conve-
„ nables au bon goût. Les méde-
„ cines noires & fastidieuses ne
„ doivent jamais se produire chez
„ des personnes d'une délicatesse
„ reconnue.

„ Quand la mort aura causé la
„ disgrégation des rayons qui m'é-
„ clairent, & que j'aurai répandu
„ un large bâillement sur la vie
„ humaine, on fera ma toilette, &
„ l'on me parfumera. Je suppose
„ qu'on aura réjoui mon agonie
„ par la douceur de quelques ins-
„ truments tendres & moëlleux,

„ tels que la basse de viole & la
„ flûte; car telle est mon inten-
„ tion. Il est fort désagréable de
„ mourir; mais il est perfide de
„ mourir, sans y être aidé par la
„ musique.

„ Ce seront *Palarin & Germilli*,
„ c'est-à-dire, mon second Valet-
„ de-chambre, & mon premier
„ Laquaïs, qui auront soin de me
„ rouler dans un drap de satin
„ blanc. J'ai toujours remarqué
„ qu'ils avoient de l'élégance, &
„ je me flatte que mon corps en-
„ tre leurs mains ne sera pas chif-
„ fonné.

„ Je désire qu'on m'enterre le
„ plutôt qu'il sera possible; car je
„ frissonne, quand je pense que je
„ dois, le jour de ma mort, rester

„ dans mon appartément, ſans al-
„ ler à la fenêtre, & ſans pouvoir
„ me mirer. On fait toujours un
„ ſot perſonnage, lorſqu'on ne
„ parle point à ceux qui viennent
„ nous voir.

„ Mon enterrement ſe fera ſans
„ pompe & ſans oſtentation, mais
„ d'une maniere galante. Je re-
„ commande à mes gens de tenir
„ leurs flambeaux avec grace, d'a-
„ voir leurs cheveux bien épars,
„ & de répandre quelques larmes.
„ Cela ſuppoſe la mort d'un Sei-
„ gneur noble & généreux, & des
„ domeſtiques bien nés. S'il eſt
„ poſſible de ſubſtituer une tein-
„ ture couleur de roſe, ou tout
„ au moins blanche, à ces orne-
„ ments lugubres, qui ſont d'u-

„ ſage dans les ſépultures, on me „ ſera un vrai plaiſir. On jettera „ quelques fleurs de jaſmin ſur „ mon tombeau, ſi je meurs dans „ la ſaiſon des jaſmins, & l'on me „ dira le dernier adieu par une can- „ tate en muſique Italienne ; la „ Françoiſe n'étant pas bonne, „ même pour les morts.

„ Je conſens qu'on me laiſſe „ ſans Oraiſon funebre & ſans Epi- „ taphe, pourvu que ma mort ſoit „ annoncée dans les Gazettes „ d'une maniere élégante. Les „ perſonnes du bel air ne liſent „ pas des éloges funebres, & tout „ le monde lit les Gazettes, ſur- „ tout depuis qu'on en fait des „ Romans.

„ On payera les Sonneurs au

„ double, pour qu'ils ſonnent très-
„ ſobrement. Il y a toujours dans
„ un quartier des voiſines aima-
„ bles, que le bruit des cloches
„ importune, & l'on doit pouſſer
„ la complaiſance pour le beau
„ Sexe, même au delà du tom-
„ beau.

„ Je laiſſe dix-huit cents livres
„ à toutes les Bouquetieres de Pa-
„ ris, pour qu'elles ſe trouvent le
„ long des rues où mon convoi paſ-
„ ſera. Il faut égayer la mort au-
„ tant qu'il eſt poſſible.

„ Je donne à la divine *Eſcarla-*
„ *ſur*, quoique je n'aie jamais eu
„ pour elle qu'une paſſion éphé-
„ mere, mon portrait, mon rubis,
„ & *Mouche*, ma demi-levrette
„ blanche à oreilles noires, lon-

„ gues pattes, & courte queue,
„ *Escarlasur* m'a toujours tendre-
„ ment aimé ; elle aimera consé-
„ quemment mon chien. Je lui
„ recommande de ne point pleu-
„ rer, crainte d'altérer tant soit
„ peu ses beaux yeux, de parler
„ tous les jours à mon portrait,
„ comme s'il étoit vivant, & d'en
„ faire un Pantin, pour qu'il sem-
„ ble du moins animé. Rien n'est
„ si maussade que la figure d'un
„ homme qui ne parle, ni ne
„ remue.

„ Je ne donne rien à *Marthon*,
„ comme à une personne que la
„ petite vérole a rendue d'une lai-
„ deur amere, & qui, par consé-
„ quent, ne peut intéresser, ni les
„ vivants, ni les morts.

„ Je légue à mon ami le Mar-
„ quis d'*Amalcour*, mon ſolitaire
„ du matin, avec mes deux che-
„ vaux rubicans vineux; mais à
„ condition qu'il ne les prome-
„ nera jamais que dans les jour-
„ nées griſes, où il n'y a ni pluie, ni
„ ſoleil, & qu'il ne les conduira
„ qu'au Boulevard.

„ Tous les chevaux bourgeois
„ de mon écurie, qui ſe réduiſent
„ à deux, ſeront abandonnés à la
„ livrée, pour en faire ce qui lui
„ plaira : la roture avec la roture.

„ Comme je crois contribuer à
„ la perpétuation de mon être, en
„ perpétuant mes bienfaits, j'aſſi-
„ gne ſur tous mes biens, tant
„ meubles, qu'immeubles, la
„ ſomme de douze mille livres,

» pour être une fois payée au
» Sieur *Cardix*, Faiseur de Bro-
» chures bonnes & mauvaises :
» les Muses nécessiteuses doivent
» trouver de l'appui.

» Je laisse à l'*Eveillé*, mon Pâ-
» tissier, six cents livres, une fois
» payé, par réminiscence pour ses
» pâtés, qui sont excellemment
» délicieux ; & que je regretterai
» très-fort en mourant.

» On prendra sur ma succes-
» sion une somme nécessaire pour
» perfectionner dans l'art des mo-
» des la petite *Mimi* : il convient
» aux ames bien nées de secourir
» les personnes qui peuvent servir
» l'Etat.

» Je donne à *Jacques*, mon se-
» cond Palefrenier, espece plutôt

„ faite pour être *enquadrupédée*,
„ que pour porter une face hu-
„ maine, trois cents livres, à condi-
„ tion qu'il ira brouter l'herbe, &
„ qu'on n'en entendra plus parler.

„ Je fais présent à l'Apothicaire
„ qui me *purgera*, me *clystérisera*,
„ ou me *cataplasmera*, les Œuvres
„ d'un certain *Sansigorus*, homme
„ habile dans l'Art des Lave-
„ mens. On ne sauroit trop éten-
„ dre les connoissances humaines.

„ Tous les Livres qui sont dans
„ mon boudoir, comme Brochu-
„ res & Almanachs, passeront en-
„ tre les mains du Chevalier *Do-*
„ *rimene*. Il convient qu'un Gen-
„ tilhomme connoisse les jolis Ro-
„ mans; ils apprennent des phra-
„ ses, & cela suffit.

„ Je laiſſe à mon premier Va-
„ let-de-chambre, parce qu'il a
„ bon air, cent piſtoles; au ſecond,
„ parce qu'il tient bien un peigne,
„ ſoixante & dix; & au troiſieme,
„ qui fut mon homme de reſſour-
„ ce, mon tréſorier, mon confi-
„ dent, trois cents. Je leur re-
„ commande à tous les trois de ne
„ jamais oublier les belles manie-
„ res que j'ai ſu leur apprendre, &
„ de dire ſouvent que le Chevalier
„ de *Muſcoloris* fut l'élite des gens
„ de qualité. Les panégyriques
„ d'un Valet-de-chambre du bon
„ ton ont plus de vraiſemblance
„ que toutes les Oraiſons funebres.

„ On payera, ſitôt après mon
„ décès, cinquante louis d'or à
„ *Girolet*, à condition qu'il fera

„ courir dans tout Paris une ſa-
„ tyre amere & fine contre Mada-
„ me la Comteſſe de *Scarabouc*,
„ femme la plus hautaine & la plus
„ *ſuperlicoquentieuſe* que je con-
„ noiſſe.

„ Je prie Mr. de *Farpaſet* d'ac-
„ cepter toutes mes breloques, en
„ ſigne d'amitié, & de penſer à
„ moi toutes les fois qu'elles fe-
„ ront ce *cli cli* qui plaît tant aux
„ jolies femmes. Je lui donne
„ auſſi ma montre, crainte qu'il
„ n'allât joindre mes pendeloques
„ à quelque montre Angloiſe,
„ qui les deshonoreroit.

„ Je légue tous mes rubans au-
„ rore, incarnat, amaranthe, na-
„ carat, tant ſatinés que moirés,
„ tant veloutés que chenillés,

„ tant gazés que guillochés, & „ tant ceux qui ſont chez moi „ que ceux qui ſe trouveront chez „ mon Rubanier, aux jolis Mi„ lords, qui, dans un accès de „ ſpléen, pourront avoir envie de „ ſe pendre.

„ J'abandonne la totalité de ma „ vie, employée en viſites, en ré„ vérences, en pirouettes, en toi„ lettes, en impatiences, en com„ pliments, en folies, en gentil„ leſſes, en petits ſoupers, en pe„ tites promenades, à tous ceux „ qui compoſent pour le théâtre, „ afin que d'un auſſi riche fonds, „ ils en tirent tout ce qui peut „ inſtruire, amuſer & corriger le „ Public, qui a encore grand be„ ſoin de pareilles leçons.

„ Je donne ma bibliotheque
„ d'odeurs à la petite *Safiri* de l'O-
„ péra, qui ne ſent pas trop bon,
„ aux charges & conditions qu'elle
„ ſe parfumera deux fois le jour;
„ & je fais préſent de mes fards à
„ Mlle. *Turinan*, qui paroît plu-
„ tôt une tête de mort, qu'un vi-
„ ſage vivant. J'ai lu dans la *Barbe*
„ *bleue* qu'il n'y a rien de plus
„ beau, que de faire du bien après
„ ſa mort.

„ Je déſire & j'entends que les
„ deux Manuſcrits qui ſe trouvent
„ dans mon écrin, & que j'ai com-
„ poſés ſur la maniere de rire, &
„ ſur les moyens de parler gras,
„ ſoient imprimés ſous le nom des
„ *Œuvres du Chevalier de Muſcola-*
„ *ris*. On eſt Auteur ſitôt qu'on

„ fait gémir la Presse, & beau
„ génie sitôt qu'on donne des
„ *Œuvres.*

„ On fera l'inventaire de ma
„ toilette & de ma garde-robe deux
„ jours après mon éclipse, & l'on
„ remettra mes diamants montés
„ par *l'Empereur*, & mes habits
„ faits par *Schelin*, à Mlle. *Pertigo*,
„ qui connoît mes intentions. Les
„ trois mille aunes de galon, les
„ cent quarante pieces d'étoffes
„ d'or & d'argent, les cent quinze
„ paires de manchettes à dentelles,
„ les cinquante-trois douzaines de
„ paires de bas, les cent quatre-
„ vingt dix-neuf paires de souliers,
„ tant brodés qu'unis, les trente-
„ sept montres, les vingt-neuf fla-
„ cons, les dix-huit boîtes, les qua-

» rante-deux chapeaux, les vingt-
» trois épées, tant d'Hyver, que
» d'Eté, les soixante-six bourses à
» cheveux, les trois cents soixante
» livres de poudre, vingt-sept ro-
» bes-de-chambre, tant d'Hyver,
» que d'Eté, & cent soixante &
» dix-sept paires d'habits de tou-
» tes couleurs, tout cela sera re-
» mis très-scrupuleusement à mon
» homme d'affaires, quoiqu'il n'ait
» cessé de me voler, selon les pri-
» viléges de sa charge.

» J'assigne six cents livres de
» rente aux Limonnadiers du Bou-
» levard, pour qu'ils aient soin
» de se tenir toujours frisés, &
» d'ambrer leur sucre.

» Je voudrois pouvoir léguer
» mes langueurs, mes évanouisse-

„ ments & mes vapeurs, dont j'ai
„ fait un cours pendant six ans;
„ mais la chose étant impossible,
„ je prie, du moins, qu'on s'en
„ souvienne.

„ Comme j'ai voyagé chez les
„ Etrangers, & que j'ai de la com-
„ misération pour leurs person-
„ nes, j'ai destiné dix mille louis
„ d'or, qu'on trouvera dans ma
„ cassette couverte de velours jon-
„ quille, à Mrs. les Chevaliers *Ga-*
„ *lifat*, *Dorimit*, *Meliron*, d'*Arte-*
„ *ville*, aux charges & conditions
„ qu'ils iront, en qualité de Mis-
„ sionnaires, prêcher les nouvelles
„ modes dans une partie de l'Alle-
„ magne & de l'Italie, y *maniérer*
„ la Noblesse, y *dématérialiser* le
„ Peuple, y répandre des graces

„ & des odeurs, y introduire le
„ goût des jolies choses, des jolis
„ propos & des bouquets, y abo-
„ lir la choukraut & les escargots,
„ le fromage & le vermicelli, y in-
„ troduire le beau François, ban-
„ nir à jamais ces expressions ridi-
„ cules, *faire finesse*, *faire commo-*
„ *tion*, & bruler, sans miséricor-
„ de, *tous les habits gris à bouton-*
„ *nieres noires*, *comme des souque-*
„ *nilles de Quinze-Vingts*.

„ Je veux & j'entends que les-
„ dits Missionnaires partiront avec
„ beaucoup d'élégance, sur leurs
„ personnes, dans leurs équipages
„ & dans leur livrée. On ne réussit
„ jamais dans la conversion des
„ mœurs, à moins qu'on ne prê-
„ che d'exemple. Ils se feront sui-

„ vre à l'odeur de leurs parfums;
„ c'eſt le moyen d'avoir un audi-
„ toire. Ils ſeront vêtus tantôt en
„ bleu céleſte, tantôt en couleur
„ de roſe; ils paroîtront tantôt en
„ cheveux retrouſſés, & ſoutenus
„ d'un joli peigne, tantôt en fri-
„ ſure toute gentille, & qui va-
„ riera comme leurs têtes. Ils
„ commenceront par gagner les
„ jolies femmes, parce qu'alors
„ les laides ſe taiſent; & lorſqu'on
„ a le beau ſexe pour ſoi, toute
„ entrepriſe ne manque pas de
„ réuſſir. Ils parleront d'un ton
„ abſolu, déciſif, comme les Pré-
„ ſidents du bon goût, les diſtri-
„ buteurs des charmes, & les En-
„ voyés de *Schlin*.

„ Si, malgré tant de précau-

„ tions, ils n'operent aucune con-
„ version, ils partiront, en se-
„ couant la poudre de leurs che-
„ veux, & en condamnant les Pays
„ étrangers à n'avoir jamais que
„ des Petits-Maîtres manqués, tels
„ qu'ils en ont eu jusqu'ici.

„ De plus, je fonde à perpétuité
„ un Nouvelliste, qui sera chargé
„ d'aller toutes les semaines de Pa-
„ ris au Marais, y porter les nou-
„ velles, qu'on n'y reçoit ordinai-
„ rement que par la voie des Pro-
„ vinces; &, pour cet effet, j'hy-
„ potheque une rente annuelle de
„ quatre cents livres sur ma belle
„ maison de la rue de Richelieu.

„ Je légue au Sieur d'*Escarlas*,
„ franc Gascon, & grand babil-
„ lard, trois cents livres par année,

» pour qu'il aille tous les jours
» passer deux heures au Café de
» *Procope*, y présider à l'assemblée
» des beaux esprits, y juger de
» toutes les Brochures & de tou-
» tes les Comédies faites & à fai-
» re, y fronder la croyance pu-
» blique, & mériter les honneurs
» de la Bastille.

» J'institue, pour Exécuteur
» testamentaire, le Comte de *Ve-*
» *lavert*, & je le prie d'accepter
» mes bagues & mes sultanes.

» Je donne sept mille livres, une
» fois payé, au Baron de *Kniran*,
» à condition qu'il se rendra tous
» les Lundis & Vendredis de l'an-
» née au Palais-Royal, sous l'arbre
» de *Cracovie*, & que là il lira des
» nouvelles supposées à cette mul-

„ titude de faux politiques & de „ vrais désœuvrés, qui gobent „ tout ce qu'on leur dit, & qui „ réalisent tout ce qui s'accorde „ avec leurs petites idées, qui font „ voler les armées comme des hi- „ rondelles, qui retournent les „ Royaumes comme un gant, & „ qui arrangent les Etats comme „ de petites maisons.

„ Telles sont mes dernieres vo- „ lontés, que je viens de dicter, „ en présence des Sieurs *Claude* „ *Rosicœur*, & *Thomas Falinet*, „ Maîtres Notaires à Paris, tous „ deux de la Paroisse Saint-Merry, „ l'un demeurant rue du Pet-au- „ Diable, & l'autre rue Trousse- „ Vache.

„ J'ai signé, après avoir mûre-

„ ment lu ledit Teſtament, &
„ avoir le tout approuvé avec pa-
„ raphe : *Alexandre-Hercule Epa-*
„ *minondas*, Chevalier de *Muſco-*
„ *loris*, Grand-Petit-Maître de
„ l'Ordre de la Frivolité, Seigneur
„ de Pomador, Ambreſec, & au-
„ tres Lieux; & ont pareillement
„ ſigné, *Claude Roſicœur, Thomas*
„ *Falinet.*

A Paris, ce 3 Août 1757.

F I N.

www.ingramcontent.com/pod-product-compliance
Ingram Content Group UK Ltd.
Pitfield, Milton Keynes, MK11 3LW, UK
UKHW031905260826
14628UKWH00003B/1010

9 782012 866911